MAURICE ALLOU

—

Strophes d'acier

(1914-1916)

BERGER-LEVRAULT, LIBRAIRES-ÉDITEURS

PARIS	NANCY
5-7, RUE DES BEAUX-ARTS	RUE DES GLACIS, 18

1916

STROPHES D'ACIER

DU MÊME AUTEUR

THÉÂTRE

A la Comédie-Française :

Agnès mariée, un acte, en vers.
Les Ombres, un acte, en vers.

A l'Œuvre :

L'Amie des Sages, trois actes, en vers.
Ariane blessée, trois actes, en vers.

Aux Bouffes-Parisiens :

Anne la Simple, un acte, en vers.

A la Comédie des Champs-Élysées :

Le Fumeur, trois actes, en vers.

POÉSIE

L'Amour du Théâtre.

En préparation :

La Main qui tend l'épée ! drame en deux actes, en vers.

MAURICE ALLOU

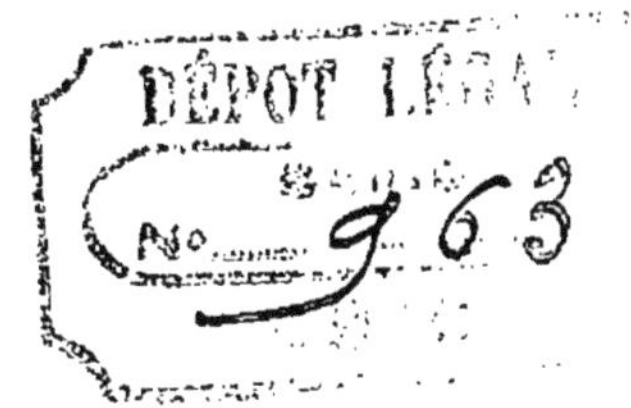

Strophes

d'acier

(1914-1916)

BERGER-LEVRAULT, LIBRAIRES-ÉDITEURS

PARIS | NANCY
5-7, RUE DES BEAUX-ARTS | RUE DES GLACIS, 18

1916

AUX SOLDATS DE FRANCE

Mon fils, voici des histoires vraies...

M. A.

RENTRÉE EN ALSACE

Oui, nous avons frémi d'orgueil et d'allégresse,
 Nous qui jadis n'avons pas vu
Palpiter dans le ciel l'aile de la détresse
 Sur le front triste du vaincu !

Le pas des bataillons dont nous baisons la trace
 A fait tressaillir notre sol.
Vos chants de délivrance, ô mes frères d'Alsace,
 Sont venus jusqu'à nous au vol !

Dans l'azur de l'été ce sont ces cris superbes
 Qui rendent muets les oiseaux.
Le souffle de ces voix courbe les grandes herbes
 Et ride le miroir des eaux.

On écoute... Le vent qui passe sur la plaine
 Embaume le soir attristé.
C'est qu'il porte le cri d'une poitrine humaine
 Chantant l'hymne de liberté !

Il jase, tiède et doux, caressant nos visages,
 Il nous dit l'espoir le plus cher...
De nos livres d'Histoire il vient gonfler les pages
 Comme des voiles sur la mer !

Et le poète dit : « Haut les cœurs ! haut les âmes
    Je veux répondre à cette voix,
A celle des soldats, des enfants et des femmes
    Que je devine, que je vois !

« Ils sont là-bas, les bras levés vers nous, la tête
    Inclinée au vent des drapeaux,
Des chants nouveaux, enfin, montent vers le poète
    Les plus profonds et les plus beaux.

« Puisse l'hymne béni, l'éveillant de son rêve,
    Lui prêter ses mâles accents...!
Un grand souffle inconnu l'enflamme et le soulève
    Le temps est venu *d'autres* chants !

« Plus de songes brumeux, de fades élégies !
    L'épée a fait voir son éclair...
Et la strophe qui va vers les plaines rougies
    Est aussi d'acier pur et clair ! »

Arques-la-Bataille, 10 août 1914.

ALBERT *IER*

Un seul geste... et soudain l'immortelle Épopée
    Dans son aile l'a pris !
Il peut souffrir, il sait qu'au vent de cette épée
    Les mourants sont guéris !

Le Parjure aura beau briser son diadème,
    Un autre est là... sur Lui.
Et les astres lui font une auréole blême
    Qui le couronne et luit.

Il va... Son peuple entier sait vers quel sombre rêve
    Il marche éperdument...
Mais chacun sait aussi, quand le Prince se lève,
    Que c'est bien le moment.

Son regard bleu reflète un firmament sans tache,
    L'ombre n'y peut glisser...
Et celui qui crierait : « Je comprends qu'on se cache ! »
    Ne l'a pas vu passer.

L'Honneur fut le sculpteur de sa noble figure,
    C'est un rude ouvrier.
Chaque coup fait jaillir l'image blanche et pure,
    Mais l'oblige à saigner.

Il veut par la douleur que le chef-d'œuvre existe
          Et frappe hardiment.
C'est pourquoi le beau front de ce Roi paraît triste,
          Mais brille par moment.

Tout croule autour de lui. Le sang est comme un fleuv·
          Dans le sol bien-aimé,
Mais le Prince est debout, faisant face à l'épreuve,
          Le regard enflammé !

Il crie à ses enfants : « Vous n'avez plus de villes,
          Mais vous avez un Roi !
Pour l'honneur de la Flandre, amis fiers et dociles,
          Aux armes ! Suivez-moi ! »

Un seul geste. Et son peuple a compris... Il se dresse..
          O lumineux élan !
Et ce Peuple et ce Prince, en un soir de détresse,
          Sont beaux... comme Roland !

NOTRE SŒUR LA BELGIQUE

Liége est toujours leur proie et Louvain brûle encore.
Bruxelles les subit, Anvers les voit entrer.
Ils sont partout. Ils sont la flamme qui dévore,
Le monstre qui surgit prêt à vous déchirer.
Arrière ! ce doux sol de la terre flamande
Ne peut garder un jour l'empreinte de vos pas !
Arrière !... Vous disiez : « Elle n'osera pas...
Elle est petite et faible ! » Elle était fière et grande.
Ce que votre Empereur cria, nous le savons :
« Les traités... des chiffons ! un nom, cela s'efface ! »
Votre Empereur a mis son nom sur ces chiffons,
Mais l'encre en pâlissant peut en perdre la trace !
Ils n'ont pas entendu votre hypocrite voix
Et tous se sont levés, braves, sans espérance...
Ils savaient votre force, ignorant vos exploits,
Mais vous les insultiez en menaçant la France !

. . . .

Voici donc ces Teutons au pied des fiers beffrois.
La Belgique a saigné sous l'horrible cohorte.
Partout des corps pâlis, immobiles et froids...
Comme Bruge a raison d'être Bruges-la-Morte !
Mais Celle qui ne peut oublier des héros
Ouvre ses bras émus aux fils de la souffrance,
Le Havre les abrite et l'on voit des berceaux

Garder pour nos voisins ceux qui sont nés en France !
Demain ils reverront leur ciel paisible et doux
Que les carillons clairs faisaient chanter sans trêve,
Devant tes Saints, Memling, ils ploieront les genoux,
Adorant les tableaux qu'ils revoyaient en rêve...
Et comme sur nos cœurs la même aube se lève,
Demain... nous sentirons qu'ils sont plus près de nous !

NOS ALLIÉS LES ANGLAIS

Ils l'ont dit franchement : ils ignoraient la France...
Et nous connaissions mal leur farouche gaîté.
Ils vantaient notre esprit, jamais notre endurance,
Et nous disions : Ils sont d'un pays sans clarté !

Mais voici qu'en luttant côte à côte, sans trève,
Le meilleur de nos cœurs·soudain s'est révélé.
Ils savent quel élan au grand jour nous soulève,
Nous découvrons le ciel par leur brume voilé !

C'est l'âme d'un Kipling et sa rudesse ardente,
Sa poésie aussi, sereine et palpitante,
Qui brillent dans les yeux de leurs libres soldats.

Et, sous le clair regard d'un héros qui s'éveille,
Tu comprends, peuple fier qui jamais ne cédas,
Que la France a les fils qu'avait rêvés Corneille !

(Le Figaro.)

———

LA MARNE

Un fleuve... Tout le ciel est rouge sur ce fleuve
Et l'eau semble mirer la pourpre de ce ciel.
Comme le soir est beau ! comme l'aurore neuve
Va sourire demain à ce fleuve immortel !

. . . .

Des monceaux, des monceaux de corps, des casques vides,
Des canons menaçant des visages livides,
Et des hommes partout tentant de se dresser
Sous les frères pâlis que la nuit vient glacer...
Silence... Seul un cri d'oiseau... L'ombre est plus noire.
Silence... La bataille est loin. La mort est là...
Mais la Victoire plane, et la brume voila
Ce qui peut attendrir le cœur de la Victoire !

———

ALBERT DE MUN

Il a sa plume encor s'il n'a plus son épée,
Et sa pointe d'acier peut toujours lui servir.
Qu'elle ne reste pas, du moins, inoccupée !
Seule la Mort qui vient pourra la lui ravir...

Et prompt, ardent et fier, il vole à la bataille...
Sa voix chaque matin résonne en pur clairon.
On croit, en le lisant, voir se dresser sa taille.
Des balles, quand il chante, ont sifflé sur son front.

C'est lui-même au matin de sa claire jeunesse,
Luttant pour le beau jour qui doit encor venir...
Il marche en ce présent comme en un souvenir.

Mais il est temps pour lui que la Victoire naisse
Et Dieu qui le connaît brise ce grand cœur doux
Pour qu'il la voie enfin — face à face — avant nous !

UN GÉNÉRAL

Parmi ses officiers il va, revient, s'arrête,
Dicte un ordre précis tout en se promenant.
Un homme entre, hagard. Sa voix sourde halète :
« Mon général, mon général..., le lieutenant...! »

« Quel lieutenant ? Mon fils !... — Tout à l'heure, une
Et le chef a compris... Son front s'est incliné, [balle... »
La lèvre qu'on devine est à peine plus pâle,
Mais le corps est de marbre et n'a pas frissonné.

Le père cependant en un éclair rapide
A revu son enfant tel qu'il était parti.
Il voit la mère en pleurs, il le revoit petit...

Mais des vaillants sont là sous son regard humide,
Et fier, se redressant, prêt à croiser leurs yeux,
Ce soldat n'a qu'un mot : « Continuons, Messieurs ! »

(Les Poètes de la Guerre.)

UNE MÈRE

Elle a trois fils là-bas sous l'ouragan de fer,
Trois..., et le prêtre ému qui lit le saint Office
Sait que la mère ignore encore son supplice,
L'un de ses enfants mort, tombé depuis hier !

Elle est là, priant Dieu pour eux trois, toute blanche...
Il sait que vers l'autel il la verra venir
Pour recevoir son divin Maître... C'est dimanche.
Elle vient... et le cœur du vieillard doit frémir.

Sur les fronts inclinés brille le blond ciboire.
Celle qui va pleurer s'agenouille humblement.
La main qui tend l'hostie a comme un tremblement.

Elle a levé les yeux, comprend, ne peut que croire,
Et pâle, interrogeant ce regard paternel,
La mère simplement a murmuré : « Lequel ? »

LA CATHÉDRALE BLESSÉE

Elle chantait la Foi, l'Amour et l'Espérance !
    Elle était dans le ciel
Le balcon merveilleux d'où sur ton âme, ô France !
    Se penchait l'Éternel !

Elle disait : « Je suis la Paix et l'Harmonie,
    La Prière des Rois,
La Victoire a frôlé de son aile bénie
    Mes tours et mes parois.

Dans la voix de mon orgue on reconnaît, à l'heure
    Où meurent nos soldats,
La voix d'autres héros, et cette voix qui pleure
    Vient d'en haut, non d'en bas !

Ma nef est le vaisseau de la France éternelle.
    J'ai sans cesse abrité
Tout ce qui chante, prie et se lamente en elle,
    Sa force et sa beauté !

L'âme de Jeanne en moi flotte quand le soir tombe,
    On ferme mon portail,
Mais c'est Elle qu'on voit, immortelle colombe,
    Entrer par le vitrail !... »

A présent elle dit : « Je suis une blessure,
    Tous leurs coups ont porté.
Mes cloches ont fondu sous le feu de l'injure,
    Mon chœur est dévasté.

Ma couronne de saints, ces lys dont je me vante,
    Perd ses plus douces fleurs,
Ma rosace n'est plus qu'une bouche béante
    Criant au ciel : « Je meurs ! »

Puisqu'on n'a jamais vu plus cruelle bataille,
    Plus sinistres bourreaux,
J'ai désiré mon deuil, ma douleur, mon entaille,
    Comme tous nos héros !

Il est juste qu'étant pour ces preux une mère,
    Les fils qui reviendront
Disent : « Elle eut aussi ses heures de misère !
    Quelle plaie à son front !

« Ils n'ont pas craint, hélas ! de frapper notre aïeule
    Qui priait à genoux
Et pour l'atteindre mieux ils la frappèrent seule,
    Visant son cœur si doux !

« Ils n'ont pas écouté son cantique et ses cloches,
    Non... Ils ont ricané.
Et contre sa surprise et contre ses reproches
    Leur canon a tonné ! »

Vous parlerez ainsi, mes fils... Je vous écoute...
      Et sens se refermer
La blessure d'hier qui fit frémir ma voûte...
      Venez me ranimer !

Je vous laisse le soin de maudire la Horde,
      De châtier ces fous.
Je veux vivre et garder de la miséricorde
      Et de l'amour... pour vous ! »

LEUR IMAGE

Nous avons trop loué leurs grands hommes... Silence !
Pour chanter nos héros gardons pures nos voix.
Leurs poètes, hélas ! ont leurré mon enfance,
Mais le rêve est passé... C'est le jour que je vois.
Comme un burg de légende il a sombré, le songe !
La grande âme de Goethe est un mirage et meurt.
Dans l'abîme des nuits cette Allemagne plonge...
Seul Méphisto survit, qui ressemble à son cœur.
Oui, c'est bien lui toujours, l'Esprit qui nie et blesse,
Le sombre Esprit soufflant sur l'œuvre de beauté,
Dont le regard défie et le geste caresse...
Celui qui ne peut pas supporter la clarté !
Méphisto ! Méphisto ! Ce peuple a son visage,
Le même orgueil cruel sous le masque qui rit.
On le trouve partout sur *leur* triste passage,
Et Goethe, en le créant, à jamais *les* flétrit !

ALI

Ali ne sait pas vers quel drame immense
        Il monte à son tour.
On lui dit un soir : « Tu pars pour la France
        Chasser le vautour ! »

Tu pars pour la France ! Adieu le ciel tendre
        D'Alger ou d'Oran !
Mais puisqu'on se bat rien ne peut surprendre
        Ce cœur simple et grand !

Son Dieu l'a voulu : la guerre est sa chose,
        L'éclair a brillé !
Ali rit aux siens et cueille une rose
        Au jardin mouillé...

Il sait que là-haut, bonheur ou souffrance,
        Tout est consigné,
Qu'il était écrit qu'il irait en France
        Depuis qu'il est né,

Que, s'il doit mourir, ni regret ni peine
        N'y changeront rien.
Ali rit aux siens. Cette âme est sereine
        Sous ce front d'airain !

La guerre est son jeu, la guerre est sa joie,
        C'est son seul amour !
Et cet œil si doux tout à coup flamboie
        Quand s'éteint le jour !

C'est un pur héros que l'enfant sauvage
        Qui, par moment, rit,
Ali ne sait pas quelle grande page
        Sa bravoure écrit !

Pour lui la bataille est la chasse ardente
        De son pays d'or !
C'est elle qu'il aime, elle qui le tente...
        Son désir le mord !

Qu'importe la proie ! Il faut qu'elle tombe
        Sur terre ou sur eau..!
Allah l'a choisi pour mettre à la tombe
        Le sinistre oiseau !

Le croissant se lève... O le doux ciel rose
        De pourpre rayé !
Ali rit aux siens et cueille une rose
        Au jardin mouillé...

A LA MÉMOIRE DU LIEUTENANT J. L.

TOMBÉ AU CHAMP D'HONNEUR

Je me souviens... C'était voilà cinq ans à peine.
Je revois le château, les tourelles, le val...
Tout le parc blanchissait sous la lune sereine,
Nous parlions de Hugo, de Vigny, de Mistral...

Oui de Mistral surtout... Il adorait Mireille,
Et de cette figure il vantait la fraîcheur.
On eût dit qu'il savait que le ciel, ô merveille !
Lui ferait rencontrer pour l'exaucer... sa sœur !

Voilà cinq ans... hélas !... C'est l'affreuse bataille.
Le canon a tonné. Son front saigne soudain.
Il tombe et le Héros se trouve être à sa taille.

Il passait dans la vie un beau livre à la main,
Mais comme notre sol frémit sous la mitraille,
Il meurt, simple, en Français... J'allais dire en Romain !

––––––––––

AU LIEUTENANT R. D.

MORT AU CHAMP D'HONNEUR

Ami, notre bonheur datait du même jour...
Et vous voilà tombant au seuil de votre amour,
Fier et grave, immolant à la douce Patrie
Votre bonheur plus jeune encor que votre vie !...
Ami, dormez en paix dans les Flandres, dormez
Parmi tous ces héros, parmi nos bien-aimés
Dont aucun souffle obscur ne ternira la gloire...
Vos deux fils connaîtront le prix de la Victoire !
Et le mien apprenant à chérir votre nom
Saura quelle auréole était sur votre front !
Que la nuit vous soit douce !... Ombre à peine voilée,
Garde-lui des reflets de la voûte étoilée !
Que par des hymnes fiers vos songes soient charmés !
En attendant le cri de Victoire, dormez !
Et que dès l'aube d'or illuminant le monde,
Vos yeux croient, en s'ouvrant, voir une tête blonde !

OU LUIT L'ÉCLAIR. .

Ils viennent de passer sur la ville sereine,
    Les oiseaux de fer et de feu !
Leur ombre en s'y mirant rendit trouble la Seine,
    En assombrissant le ciel bleu !

Ils ont cru défier la belle âme tranquille
    De Paris fier et confiant,
Et l'*Aile* qui ne peut être une chose vile
    Fit le mal en se déployant !

Nous avons vu là-haut ces oiseaux de tempête
    Apporter la mort dans leurs flancs...
O tendre azur d'été qui souris sur ma tête,
    Rempli de feuillages tremblants !

Toi qui sais attendrir les passants que nous sommes,
    Ciel que pleure le rossignol,
Ton peuple entier frémit en songeant que *ces hommes*
    Ont su déshonorer son vol !

Mais voici que là-haut monte une autre nuée
    D'oiseaux légers et courageux !
Gare à toi, l'Aigle noir, dont l'aile exténuée
    A tenté ces suprêmes jeux !

L'essaim rapide et fier monte, bourdonne et flotte,
    Visant le rapace cruel,
Et l'azur s'éclaircit, car cette blanche flotte
    Rendra de nouveau pur le ciel !

Un combat merveilleux sur notre front se livre
    Parmi la foudre et l'ouragan...
Et l'oiseau va tomber qui ne devait plus vivre ;
    On voit tomber l'oiseau géant !

Il bat l'air, éperdu, puis s'abat, l'aile immense,
    Avec, à ses plumes, du sang.
Mais comme il monte clair, l'essaim léger de France,
    Tandis que cet Aigle descend !

LE BOUCLIER

Ils ont besoin d'un bouclier pour les défendre...
Et les turcos sont là, dans leurs mains, frémissants.
« Allons ! Vous marcherez les premiers ! » — « J'y consens ! »
Dit l'un d'eux, et plus bas : « Nous allons les surprendre... »

Ils marchent... Les turcos masquent les Allemands,
Mais les Français vers eux commencent à descendre...
Que feront-ils voyant la couleur des dolmans ?
Les Prussiens ricanant palpent déjà leur cendre.

Les voici face à face... Un frisson a passé...
Nos soldats ont compris... L'éclaireur est un frère !
Dans le cœur des héros s'arrête un sang glacé.

Seul le turco malin n'est pas embarrassé
Et sa voix soudain tonne et s'élève en prière :
« Tirez, les gars, tirez !... Courage ! Ils sont derrière ! »

DEUX NOVEMBRE

Des fleurs, toutes les fleurs de la tiède contrée,
Et flottant au-dessus des gerbes... un drapeau.
Ils sont là... reposant dans la terre sacrée,
Et le soleil du soir est leur rouge flambeau.

D'autres tombes autour de ces tombes nouvelles
Semblent tristes, Seigneur, dans l'automne voilé.
Comme le ciel est gris sur ces roses mortelles !
Mais sur nos morts d'hier l'azur s'est étoilé...

Et les roses aussi sentant frémir leur tige,
Retrouvent leur fraîcheur en ces cœurs palpitants...
Il est juste plus loin que le passant s'afflige,
Mais l'automne a sur *Eux* des douceurs de printemps !

———

LES COSAQUES DE L'AMOUR

Hourra ! hourra ! voici la guerre !
Sous le soleil sanglant du jour,
Sous l'aile folle du vautour
Qui bat le ciel avec colère,
Hourra ! hourra ! voici la guerre !
Et voici venir vers leur Père
Les noirs Cosaques de l'Amour !

Le Père a dit : « Je vous appelle !
Allons, levez-vous, mes enfants...
Que vos chevaux, ces ouragans,
Déchirent la steppe immortelle...
Le sol frémit, le ciel chancelle,
J'ai foi dans votre cœur fidèle,
Allons, levez-vous, mes enfants ! »

Et la main serrant la crinière
Du compagnon fougueux qui court,
Caressant son col rude et court
Ou le frappant d'une lanière,
Nous avons fui la nuit entière...
Et voici venir la lumière
Sur les Cosaques de l'Amour !

Hourra ! hourra ! La terre brûle !
Sous notre vol la steppe a fui...
Derrière nous sombre la nuit,
Nous arrêtons le crépuscule !
Hourra! hourra! le sol ondule...
On croit voir le ciel qui recule
Quand sur les Cosaques il luit !

Cependant là-bas, dans la brume,
Qui sur les champs en flocons court,
Un cavalier guette le jour...
Il voit la terre au loin qui fume,
Des chevaux chamarrés d'écume,
Et sa prunelle d'or s'allume :
« Salut, Cosaques de l'Amour ! »

« Salut! mes beaux enfants sauvages...
Vous avez reconnu ma voix !
C'est vous, c'est vous, je vous revois.
Le Teuton brûle vos villages...
Je veux lui montrer vos visages !
Hourra ! hourra ! sortez des cages,
Cosaques, fauves de nos bois ! »

Un seul cri maintenant résonne :
« A ton appel, l'enfant accourt,
Père, voici venir son tour !
Sur son passage tout frissonne...
Aucun ennemi ne l'étonne...
Ils vont comme le vent d'automne,
Les noirs Cosaques de l'Amour ! »

Tout plie et cède, tout se terre.
Le torrent gronde en s'écroulant,
Sa force rien ne la modère...
Ils vont, ils vont, toujours chargeant.
Regardez-les, un contre cent,
Ils creusent leur sillon de sang...
Les Cosaques à l'arme claire !

Hourra ! hourra ! C'est un beau jour !
Sous l'aile folle du vautour
Qui bat le ciel avec colère,
Le Chef attend leur fier retour...
Hourra ! voici finir la guerre
Et voici les vainqueurs, mon Père,
Tes noirs Cosaques de l'Amour !

(Ce poème a été dit par VÉRA SERGINE aux *Matinées Françaises*.)

LETTRE D'UNE MÈRE ALLEMANDE

« Chaque jour nous amène un convoi de sauvages.
Les bœufs russes ploieront sous de rudes travaux.
On les entend, mon fils, gémir dans nos villages
Car ils portent des poids à leur rompre les os.

« Aux barreaux des prisons on voit de noirs visages.
Je les hais, car ils sont les auteurs de tes maux.
Ne les épargne pas... Faites d'affreux carnages
Ou chassez vers nos prés les bêtes en troupeaux ! »

Cette lettre achevée en termes de tendresse,
Un Russe la trouva sur son ennemi mort.
Il renverra l'épître infâme à son adresse.

Mais un peu de pitié saigne en son cœur encor
Et sa main en tremblant ajoute pour la Prusse :
« Mère, l'enfant est mort. Je te plains. »

— Un fils russe.

LES CHASSEURS D'AIGLES ! (¹)

Vous êtes les chasseurs de l'aigle monstrueux,
    Beaux Serbes au regard limpide,
Car l'Oiseau bicéphale a sur vos sommets bleus
    Étendu sa grande aile avide !

Il a planté sa griffe aux cimes de vos monts,
    Obscurcissant votre lumière,
Mais vous avez surpris le rapace aux deux fronts
    Encor frissonnant dans son aire !

Tout en montant de roc en roc jusqu'au pic blanc,
    Vous avez dompté sa colère,
Et la plaie est toujours béante dans son flanc,
    Que votre dague a su lui faire !

Le triste oiseau, d'un cri qui retentit encor,
    Deux fois, tournoya dans l'espace...
Gloire aux hardis chasseurs !... Chassons l'aigle à l'œil
    C'est dans l'azur qu'a lieu la chasse !   [d'or !...

------

1. Cette pièce a été écrite avant la troisième invasion de l'admirable
Serbie.

Nous avons notre proie aussi !... Nous la tenons !
    La roche est escarpée et sombre...
Mais nous voulons, là-haut, sauvages compagnons,
    Briser l'aile qui fait trop d'ombre !...

Jamais chasse ne fut plus belle, ô mes amis,
    Contre la Nuit et le Mensonge !...
Et les cœurs lumineux sont fiers de s'être unis
    Pour dissiper le mauvais songe !...

L'aile a déjà saigné !... Ses plumes s'envolant
    Fuient au ciel comme un grand nuage !
On peut voir le soleil puisque l'aigle sanglant
    Ne l'éteint plus de son plumage !...

Et la nuit, grâce à vous, est très pure, ô soldats !...
    La nuit qui n'aura plus de voiles,
Car, tel qu'une eau limpide, a jailli sur nos pas
    Le jour bleu qui vient des étoiles !

UN VAGABOND

Dans la plaine, la nuit... Le ciel pur est livide
Car la blanche clarté de la lune l'emplit.
Un homme erre, accablé, souillé, le regard vide...
« Qui va là ? » — Le voilà qui chancelle et pâlit.
« Qui va là ? » Son cœur bat. « L'uniforme de France ! »
Il sourit et sa main montre un sanglant lambeau.
« Tous les autres sont morts... On nous guettait, je
                                        [pense !
J'ai voulu le sauver !
                    — Que tiens-tu ?
                              — Le drapeau ! »

L'OISEAU BLEU

Qui l'eût dit ! L'Oiseau clair de joie et d'allégresse,
O Belgique immortelle, est né sous ton ciel pur.
Et ton Poète — un Sage, eût proféré la Grèce —
Dénicha dans tes bois ce rêveur de l'azur !

L'Oiseau bleu du Bonheur offert par ta détresse,
Flandre, quelle ironie ! hasard étrange et dur !
Mais non, en t'observant de plus près, je suis sûr
Que ton âme ressemble à l'aile enchanteresse !

Jamais nul d'entre nous ne verra se poser
Le céleste coureur de gloire et d'aventure...
Un rameau, le portant, ploierait à se briser.

Il vole loin de nous, suivi d'un long murmure...
Étourdi de rayons, assoiffé d'irréel,
Et bleuissant encor de ses plumes le ciel !

POUR " LES MARSOUINS „
DE BEAUSÉJOUR

Fortin de Beauséjour dont le nom seul rend brave,
Je voudrais, quand la Paix vous aura couronnés,
O doux soldats de France, ô nos morts bien-aimés,
Errer un soir de lune autour de ton enclave.
Les ombres des Héros doivent s'y retrouver.
J'entendrais à l'approche un murmure d'abeilles,
Le bruit que font les voix de ceux qui vont rêver !
Je vous verrais, Lelong, Cazeau, Simon, Cazeilles,
Raynal, les yeux sanglants, Poirier, deux fois blessé,
Tous les géants fameux de la fière défense,
Grappe humaine dorée au clair soleil de France,
Bas-relief du Présent... qui vaut notre Passé !
O nobles marsouins, c'est près de vos fantômes
Qu'un grave pèlerin ose un instant s'asseoir.
Comme la nuit d'avril est tendre sur les chaumes,
Qu'il doit vous sembler doux le grand calme du soir !
Plus de cris, plus de sang, plus d'atroce mêlée !
Comme vous aspirez à la pure fraîcheur
Qui vient au soir de mai de la sombre feuillée !
O nuit de mon pays, presse-les sur ton cœur !
Ils n'ont plus à présent besoin de leur courage ;
Ce sont de beaux enfants courant dans les épis.

Laisse-les se pencher sur ton obscur visage
Et fais, à tout instant, voler sur leur passage
L'encens montant des fleurs dont tes bras sont remplis
Ils vont. Écoutons-les... Leur voix dans l'ombre chante
Ils parlent du passé, sans orgueil, sans regrets...
Mais tu dois bien savoir, noble terre sanglante,
Que, s'ils errent ici quand le ciel les argente,
C'est que la paix des morts ne vaut pas l'*autre* paix !

DES FLEURS SUR L'EAU...

A la mémoire du Bouvet.

Le soleil meurt ce soir dans des flots sanglotants,
Car la mer pleure encor la nef ensevelie.
Ses marins ont sombré, debout, les yeux ardents,
Ayant ton nom, ô France, à leur lèvre pâlie.

Rien ne trouble la paix du bleu désert mouvant
Qui de l'homme en secret sert parfois la furie...
Mais quel hymne sacré, là-bas, s'élève au vent ?
Quel parfum soudain flotte en cette ombre attendrie ?

Des pétales d'œillets, de roses, de jasmins,
Semés sur le flot d'or par d'invisibles mains,
S'en vont, esquifs légers, tenter la vague amère !

Sur le rivage grec, des femmes ont gémi
Et, fleurissant de loin le navire endormi,
Au nom pur de Chénier mêlent le nom d'Homère !

(L'Intransigeant.)

UNE FEMME DE POLTAVA

CHANTAIT...

Dors dans mes beaux cheveux de nuit,
Fier cavalier de mon Ukraine,
Mon bras te berce et ton œil fuit
Le rêve affreux qui te poursuit.
Viens... L'ombre est douce et je t'entraîne...
Dors dans mes beaux cheveux de nuit !

On ne voit rien sous cette mante
Qui cache le soleil sanglant,
Et la lune, pâle démente,
Ne laisse, par aucune fente,
Filtrer son long regard troublant...
On ne voit rien sous cette mante !...

Qui prétend qu'on crie et qu'on meurt,
Que là-bas la plaine est fumante ?
Enlace-moi... Sens la chaleur
Qui vers mon corps vient de mon cœur,
La nuit qui glisse est odorante.
Qui prétend qu'on crie et qu'on meurt ?

Ma lèvre est la rose d'automne
Qui s'empourpre au soir enflammé,
Rose ardente que je te donne,
Fleur dont toujours le cœur s'étonne...
Respire-la, mon bien-aimé !
Ma lèvre est la rose d'automne !

Tu vas céder... Ton front pâlit...
Ce frisson même est mon complice.
Beau cavalier, je suis l'Oubli,
Fleuve au profond et sombre lit,
L'Oubli qui t'ouvre son calice !
Tu vas céder... Ton front pâlit.

Non, non... C'est d'orgueil qu'il frissonne !
Je vois son regard éploré...
« Là-bas, dit-il, le tocsin sonne...
J'entends, j'entends la voix qui tonne,
Celle du grand appel sacré ! »
Non, non... C'est d'orgueil qu'il frissonne !

Le ciel est rouge à l'Orient...
Une grande flamme circule,
Il la voit luire en souriant...
Et je sens, en m'émerveillant,
Que du même feu mon cœur brûle...
Le ciel est rouge à l'Orient !

Si l'amour voit mourir son heure,
Dressons-nous, farouche, à mon tour,
Soyons belle, afin qu'il me pleure...
Comme une torche en sa demeure,
Je l'éclairerai jusqu'au jour...
Si l'amour voit mourir son heure !

Mes noirs cheveux, flottez au vent,
Comme un étendard magnifique...
Que ma voix grave, en s'élevant,
Lui sonne la charge : en avant !
Qui mon regard soit prophétique...
Mes noirs cheveux, flottez au vent !

Vois, je ressemble à la Bataille
Que veut t'entraîner à son tour.
Je me suis haussée à sa taille,
Ayons tous deux la même entaille
Dont la Gloire blesse l'Amour...
Vois, je ressemble à la Bataille !

Il n'est qu'un devoir : tue ou meurs !
L'aile sublime nous emporte
Sur le vent gonflé de clameurs...
La Patrie a volé nos cœurs,
C'est que sa flamme est la plus forte !
Je pars avec toi :
                    Tue ou meurs !

(Revue Bleue.)

PARIS DANS L'OMBRE

Non, ce n'est pas un crêpe ou l'ombre de son deuil
Qui rend la ville obscure et fait son front sévère ;
Paris est comme un marbre auguste et plein d'orgueil
Qui sait que sa beauté lui suffit et l'éclaire.

Ce grand calme attentif n'est pas pour nous déplaire
A l'heure où le héros, debout, défend son seuil.
Que la rumeur du flot s'apaise sur l'écueil,
Pour que l'on guette mieux l'écho de sa colère !

Nul flambeau... Pas de cris... Seul le rythme d'un cœur.
J'aime à te voir, Paris, tout estompé de brume,
Attendant que là-haut l'astre espéré s'allume !

Michel-Ange eût compris ta farouche grandeur,
Lui, qui sculptant un jour la Reine au sombre voile,
Sur ton front pâle, ô Nuit, n'a posé qu'une étoile !

(Le Figaro.)

UNE HÉROÏNE

« Mort... Le revoir ainsi ! Pauvre cœur tendre et chaud !
Il ne bat plus... hélas !... Seigneur, quelle misère !
Je sais bien... la Patrie avait dit : il le faut !
Je n'étais que ta femme, au fond... Elle est ta mère ! »

LE PRINTEMPS DES OISEAUX

Le frisson de la sève a passé dans les ailes !
Ainsi que le rameau sent la feuille germer,
L'oiseau qui porte l'homme aux voûtes immortelles
Sent au soleil d'avril ses plumes s'animer...

Et quand l'astre du soir, tremblant, va s'allumer,
Nous verrons, ô Printemps, des étoiles nouvelles
Dans ton firmament pur, sans relâche, essaimer...
Oiseaux dont l'ombre bleue a fait des étincelles !

C'est sous un azur tiède et limpide aujourd'hui
Que nos éperviers d'or vers la bataille ont fui,
O beaux guerriers-volants dont s'empourpre l'armure !

On les croit échappés, là-haut, de la ramure...
Mais la France qui sait leur dessein glorieux
Suit d'un œil ébloui leur vol mystérieux !

(Le Figaro.)

UN CONSCRIT

Il ne partira pas à cause de sa taille...
Et le pauvre conscrit se lamente en pleurant.
« Je m'entête et verrai, dit-il, une bataille !
Si je ne me rends pas à l'appel... on me prend ! »

On l'a pris, mais là-bas le major l'observant :
« Il ne saurait porter un fusil... qu'il s'en aille !
Pour combattre, mon fils, tu n'es pas assez grand
Et trop faible !... » Le cœur de ce soldat tressaille.

« Prenez-moi tout de même ! » — « Ah ! pauvre Beauceron ! ›
Mais lui, sans hésiter : « Donnez-moi ce clairon !
Un clairon, est-ce lourd ? Donnez-le... Je m'en charge ! »

Et soudain, d'une main superbe l'enlevant :
« Un clairon, cria-t-il, c'est un jouet d'enfant...
Je courrai devant eux en leur sonnant la charge ! »

(Excelsior.)

LE LYS SUR L'ÉPÉE

Fête de Jeanne d'Arc, 19 mai 1915.

De tous les lys montant vers ta tête embaumée,
Jeanne, un surtout, je crois, dut parfumer ton cœur,
Celui qui de ton bronze ornait la dague aimée,
Car l'épée avait l'air de sortir de la fleur !

Le beau lys, fier et droit, d'immortelle pâleur,
Comme la blanche lame au soleil enflammée !
C'est un reflet nouveau mis sur ton fer vainqueur,
Et le fer et la fleur défendent notre armée !

L'épée a soif de sang, son appel est brutal,
Un nuage de pourpre obscurcit sa lumière...
Tu la dresses pourtant vers un ciel triomphal...

Car ton lys a fleuri sur l'arme meurtrière,
Et c'est comme un parfum sortant de ce métal,
Et sur les cris guerriers le vol d'une prière !

A CELLE QUI EST VENUE...

21 mai 1915.

Les jasmins parfumaient l'aurore...
Elle apparut sur son balcon.
La lune pâlissait encore,
Au loin s'envolait un faucon...

Elle laissait errer son rêve
Dans ses parcs et dans ses villas,
Sur la lagune, sur la grève...
La brise inclinait les lilas.

Rome dominait sa pensée,
Florence était près de son cœur,
Elle se sentait enlacée
Par Venise aux yeux de langueur.

Gênes lui montrait une barque
Qui s'en allait vers le Levant,
Et l'Homme digne de Plutarque,
Chemise rouge dans le vent !

Turin faisait sonner ses armes
Et brandissait un écusson.
Milan lui rappelait ses larmes,
Naples, la folle, une chanson !

Et l'Ame écoutait, attentive,
Et son rêve était assombri
Par la vision fugitive
D'un pays sublime et meurtri !

Elle écoutait... Des voix lointaines
S'élevaient, et l'on croyait voir
Glisser des formes incertaines
Au lac profond comme un miroir.

Un fantôme disait : « Ma route
M'a fait venir vers ta beauté,
Et moi, le disciple du Doute,
Je n'ai songé qu'à ta clarté.

« O coteaux frais où la châtaigne
Tombe sur la mousse sans bruit,
Toscane ! étoile de ma nuit !... »
Et c'était la voix de Montaigne...

Sous le reflet bleu d'un sapin
Une ombre surgissait, plus nette :
« O rire clair de Zerbinette !
Sbrigani, Léandre, Scapin !...

« Toute la troupe familière
Dont la gaîté vient de ton ciel !... »
Et c'était la voix de Molière
Évoquant l'azur immortel !

« J'ai maudit Venise-la-vieille,
La pauvre vieille du Lido,
Oui mais, à son nom, mon cœur veille...
— On voit un front pâle sur l'eau —

« O plaie incurable et profonde
Dont mon âme s'embellissait!
O ma Venise... à jamais blonde! »
Et c'était la voix de Musset.

Et la Femme, au balcon de pierre,
Sentait son cœur fondre soudain,
Des pleurs glissaient de sa paupière,
Ces voix lui dictaient son destin...

Ah! des Pédants hardis et rogues
Disaient aussi la vénérer,
Et, poètes-archéologues,
La dépouillaient sans l'adorer.

Mais des voix qui montaient encore
Chaque note l'attendrissait,
Et, calme et grave dans l'aurore,
La Rêveuse s'enhardissait.

Elle a revêtu sa cuirasse,
Noué brusquement ses cheveux,
Et fière, sans perdre sa grâce,
L'*Italie* a crié : « Je veux !

« Je veux... Je veux!... » Voici sa lance!...
Son pas sonne ferme et joyeux,
Et mon cœur bat, bat en silence...
Mère chérie, Elle a tes yeux!

WARNEFORD (¹)

25 juin 1915.

Il a touché l'azur comme l'aigle en plein vol !
    Ne le pleurez pas : il s'élance !
Ce n'est pas vrai, soldats, qu'il ait frôlé le sol.
Nous le voyons toujours aux voûtes du silence.

Son destin fut pareil à l'aile qui là-haut
    A la Gloire s'est embrasée,
Qui craint de retomber vers la terre trop tôt
Et cherche, au ciel encore, une route irisée.

Ne pleurez pas. Il rit, très beau, près du soleil
    Qui laisse à ses cheveux sa poudre de lumière...
Il n'aura pas connu l'ombre du grand Sommeil.

Le jour de son exploit fut celui du Réveil.
Il ne se souvient plus d'avoir revu la terre !

(*Journal de Rouen.*)

---

(1) Warneford, lieutenant anglais, qui abattit, le premier, un zeppelin et mourut peu de jours après au cours d'une nouvelle expédition aérienne.

LA MARSEILLAISE DE RUDE

14 juillet 1915.

Elle est de marbre, soit, mais la voix monte et sonne.
Regarde-la chanter, ò bel enfant qui meurs !
L'hymne miraculeux sous la pierre frissonne
Et le marbre qui chante est rempli de clameurs !

Elle semble voler pour entraîner les cœurs.
Sur son sein palpitant l'airain brutal résonne.
Son aile laisse au vent de farouches rumeurs
Et son glaive hardi dans le couchant rayonne !

Regarde-la voler, immobile pourtant...
Sa lèvre froide et pâle a malgré tout un chant.
Morte, elle a dans son corps le souffle de la vie !

Bel enfant qui t'endors, regarde-la voler
Et chanter et planer. Tu vas lui ressembler,
Enfant, déjà de marbre, et mort pour la Patrie !

(Le Souvenir.)

L'AME DE VARSOVIE

6 août 1915.

Vous avez cru saisir la ville même. Leurre !
Mensonge ! Illusion d'un peuple insatisfait !
Vous murmuriez hier : Son souffle nous effleure !
Nous allons la tenir entre nos bras... C'est fait !

C'est fait ! mais votre orgueil se morfond en silence
Et le froid de la tombe a glacé votre élan.
Vous n'avez pu saisir que le corps souple et blanc,
Le corps dont l'âme au vol a fui la défaillance.

Morte !... Vous ne serrez qu'une morte en vos bras !
Vous n'avez rien conquis, puisque l'esprit résiste :
Il touche à cet azur où vous n'atteindrez pas !

Seul le marbre est à vous de la Vierge au front triste...
Triomphe sans pudeur, ô peuple assourdissant !
La rose de sa vie embaume un autre sang !

AU NOM DU TSAR...

L'immense carte est là devant Lui, déployée.
Il voit sur le papier courir les régiments ;
Tous ses enfants sont là, ses millions d'enfants
Et son âme de père est sur eux inclinée !

L'étincelle, demain, par sa voix allumée,
Enflammera bientôt tous ces cœurs palpitants.
Qu'il exige soudain des exploits de Titans,
Ils les accompliront, ceux de la Sainte Armée !

Car ils le voient venir sous son bel aigle noir
Lui que tant de milliers de ses fils n'ont pu voir...
De la pourpre du ciel sa noblesse est drapée !

Ils le voient ! Ils le voient ! Et le grand cri d'amour
Qu'arrache à tant de cœurs la splendeur de ce jour
Jaillit au vent du soir comme une seule épée !

NOUVEAUX ÉCOLIERS

Aux chers hôtes actuels
de l'École Fénelon.

Les lits sont pareils, c'est la même salle,
        Le même mur blanc.
Les enfants sont là sous la lueur pâle
        D'un flambeau tremblant..

La Vierge de pierre est de plis vêtue
        Ainsi qu'autrefois.
La grande rumeur des couloirs s'est tue,
        On parle à mi-voix.

L'instant est venu du divin silence,
        La ruche s'endort.
Seul le buis béni qu'un souffle balance
        Là-haut tremble encor.

Oh! les doux enfants! on les voit à peine.
        Ils semblent si las!
Le jour fut brûlant, et la nuit sereine
        Les berce tout bas.

Le jour fut brûlant, la leçon sévère;
        Ils ont, sans gémir,
Fait leur rude tâche, et leur âme claire
        Peut bien s'endormir!

Je glisse vers eux... Un rayon livide
    Monte du jardin.
Sur ce front bouclé quelle est cette ride
    Qui rougit soudain ?

Un mystère ému flotte dans ces salles,
    Mon cœur tremble un peu.
Tous les vêtements de ces enfants pâles
    Sont du même bleu !

O beaux écoliers, écoliers de France,
    Je vous reconnais !
Vous venez de loin chercher ce silence,
    Goûter cette paix !

O fiers écoliers, écoliers sauvages,
    Sortis des combats,
Vous voilà couchés, ô beaux enfants sages,
    Déchaînés, là-bas !

L'École s'ouvrait près de votre route,
    Chers fronts empourprés !
Les « Petits » aux « Grands » ont souri sans doute...
    Vous êtes rentrés !

La gloire a doré vos tendres visages
    De rayons nouveaux.
Qu'importent les ans, le sang, les ravages...
    Vous êtes plus beaux !

Les maîtres d’hier n’auront rien à dire,
C’est vous qui parlez !
L’Histoire vit là que tous pourront lire
Dans vos yeux brûlés.

L’École, c’est vous ! ô lumière auguste
Versée à pleins bords !
C’est vous, l’âme fière, antique et robuste
Dont rêvent nos Morts !

Et le vieux collège ému vous réclame,
Enfants glorieux !
Il sent que ses murs abritent la flamme
Qui doit vivre en eux !

Il sent que jamais écoliers au monde
N’auront mérité,
Mieux que ces enfants, tant de paix profonde
Et tant de bonté !

Que vous êtes ceux qui, sortis de l’aile
Du dortoir obscur,
Revenez vers lui dans l’aube immortelle
Du jour le plus pur !

Et l’École est fière... Un orgueil immense
Gonfle son cœur doux.
O beaux écoliers, ô soldats de France,
Vous êtes... *chez vous !*

LA SIRÈNE

La Sirène pleurait dans ses grottes nacrées,
Car elle ne voyait venir depuis longtemps,
Sous les longs voiles bleus de ses flots éclatants,
Que des êtres pâlis ceints de boucles dorées !..

Enfants raidis aux bras de femmes éplorées
Que berce avec amour le cœur des océans,
Vous naviguiez vers les merveilles ignorées,
Laissant errer, surpris, vos grands yeux innocents.

Mais des marins, ce soir, à la poitrine ouverte,
S'en viennent lentement, à leur tour, dans l'eau verte...
Et la Sirène aux cheveux roux sèche ses pleurs :

« La guerre est bien la guerre, avec vous, ô vainqueurs !
Gloire aux dieux ! C'est en guerre aujourd'hui que nous
[sommes...
Plus de doute à présent... Je vois mourir des hommes ! »

LES GAULOIS

Fiers, dédaigneux et beaux, sous l'azur ou l'orage,
Ils allaient, les cheveux tressés, flottant au vent.
Dieu seul en se penchant pouvait voir leur visage
Qu'ils levaient, éblouis, vers le soleil levant...

La guerre était leur jeu, leur jeu noble et sauvage,
Pur... puisqu'il s'agissait du sol que l'on défend !
On eût douté du jour, doutant de leur courage...
O Pères ! ô Gaulois ! contemplez votre enfant !

Il est beau comme vous, fier, lumineux et grave...
Sa terre le contient comme un épi vivant !
Cette peur l'aiguillonne : être ou mourir esclave !

Son seul cri s'il succombe est ce mot : « En avant ! »
Car le sang qui jaillit garde, fleuve limpide,
L'héroïque reflet de votre âme intrépide !

LES TROIS CROIX

Les trois croix... Il les a, l'une noire d'ébène,
L'autre de bronze, au bras la croix rouge, de laine.
            La première défend son cœur,
La seconde embellit sa blessure vermeille
Et la croix qu'on broda dit sa bonté qui veille,
            Nuit et jour, près de la douleur !

Il porte les trois croix sur les couleurs de France,
L'une emblème de foi, l'autre fleur d'espérance,
            Enfin la croix de charité...
Et le Prêtre sait bien en pansant des blessures
Que des trois croix là-bas s'élèvent trois murmures
            Qui font un chant dans la clarté !

La croix de bronze dit : « Combats, sois fort, espère ! »
Et la croix du brassard : « Tu peux tomber à terre...
            Je suis là pour te relever ! »
Et la grande croix noire... hélas ! oui, la croix sombre,
Chante : « Viens, les yeux clos, on voit encor dans
            Viens vers moi, si tu veux rêver ! » [l'ombre.

Et le Prêtre s'en va vers la rude colline...
C'est sous un poids divin que son grand corps s'incline
        Il marche, alourdi, mais joyeux...
Car il porte avec lui les trois vertus suprêmes,
Et c'est pourquoi, là-bas, les fronts semblent moins blême
        Et soudain se rouvrent les yeux...

Oui... tous ces beaux enfants dont tremble la paupière
Sentant l'espoir renaître et naître la prière,
        Vers cet homme ont les yeux levés.
Il dit un mot, guérit, trace un grand signe, entraîne...
Et tous, vivants et morts, bénissent dans la plaine
        Les trois croix... qui les ont sauvés!

A UN DISPARU

Sous la voûte où tu t'engouffras
On ne voit que de la lumière...
On croit entendre un bruit de pas...
Il sonne ici, plus loin, là-bas !
Un chant encor... puis le mystère !

Dans l'or palpitant des combats
Comment te suivre ? On ne voit pas !
Es-tu près de nous ou là-bas ?
Sur cette cime ou sur la terre ?
Sous la voûte où tu t'engouffras
On ne voit que de la lumière !

L'horizon est bleu comme Vous !
Vous vous mêlez aux cieux jaloux.
Comment te distinguer, mon frère ?
Que tu sois loin ou près de nous,
Qu'importe, on te cherche à genoux !
Là-bas, comme dans tes yeux doux,
On ne voit que de la lumière !

A PIERRE CORNEILLE

On t'écoutait, hier, distraitement encore...
Les Jeunes murmuraient : Théâtre du passé !
Leurs yeux étaient fermés à ta nouvelle aurore
Et toi tu souriais, ô grand cœur insensé !

Tu savais que, demain, de ton tombeau glacé
Des héros surgiraient sous le ciel qui les dore.
En toi le fier cortége était déjà passé...
Mais il devait, un jour, de notre terre éclore !

Regarde ! Ce sont eux... Oui, ce sont tes enfants.
Ce sont de grands yeux clairs sous des fronts triomphants.
Toi, qui les as créés, tu dois les reconnaitre.

Et ton âme a frémi d'un sublime frisson.
Il peint les cœurs, dit-on, mais *tels qu'ils devraient être...*
Et voici que soudain tu les peins... *tels qu'ils sont !*

(Journal de Rouen.)

Paris, 21 mars 1916.

TABLE

NANCY, IMPRIMERIE BERGER-LEVRAULT — MAI 1916

LIBRAIRIE MILITAIRE BERGER-LEVRAULT

PARIS, 5-7, rue des Beaux-Arts — rue des Glacis, 18, NANCY

LA GUERRE — LES RÉCITS DES TÉMOINS

La Victoire de Lorraine. *Carnet d'un Officier de dragons.* 1915. 16ᵉ édition. Un volume in-8, avec 7 illustrations et 1 carte, broché. . . . . **1 fr. 25**

Carnet de route d'un Officier d'Alpins. 1ʳᵉ série : *Août-septembre 1914.* 10ᵉ édition. 1916. Volume in-8, avec 6 gravures et 1 carte hors texte, br. **1 fr. 50**

Charleroi. *Notes et impressions,* par FLEURY-LAMURE, correspondant de guerre français du *Times* en Belgique. Préface de Gérald CAMPBELL, correspondant spécial du *Times.* 16ᵉ édition. 1916. Volume in-8, avec portrait, 2 fac-similés et 5 cartes . . . . **1 fr. 50**

Feuilles de route d'un Ambulancier. *Alsace, Vosges, Marne, Aisne, Artois, Belgique,* par Charles LELEUX, avocat à la Cour d'appel de Paris. Complétées d'après le Carnet de route du Dʳ Henri LIÉGARD, chef de clinique aux Quinze-Vingts. Préface de M. René DOUMIC, de l'Académie Française. 6ᵉ édition. 1915. Volume in-8, avec 13 illustrations hors texte. . . . . **1 fr. 50**

Avec les Français en France et en Flandre. *Impressions vécues d'un aumônier attaché à une ambulance de campagne,* par OWEN SPENCER WATKINS, aumônier aux armées anglaises. Traduit de l'anglais par Henri et Jeanne DUPRÉ. 1915. 6ᵉ édition. Volume in-8, avec portrait et 7 planches hors texte . . . . **2 fr.**

Six Semaines à la Guerre. *Bruxelles-Namur-Maubeuge,* par la duchesse DE SUTHERLAND. 1915. 6ᵉ édition. Un volume in-8, avec 9 planches hors texte, 2 fac-similés et 1 carte . . . . **1 fr. 50**

Les Parisiens pendant l'état de siège, par Raymond SÉRIS et Jean AUBRY. Préface de Maurice BARRÈS, de l'Académie Française. 1915. Beau volume in-8 écu, avec 43 illustrations, couverture artistique, broché. . . . . . . **3 fr. 50**

Parmi les Ruines. *De la Marne au Grand Couronné,* par Gomez CARRILLO. Traduit de l'espagnol par J.-N. CHAMPEAUX. 4ᵉ mille. 1915. Volume in-12 de 387 pages, broché. . . . . **3 fr. 50**

Le Sourire sous la Mitraille (*De la Picardie aux Vosges*), par E. Gomez CARRILLO. Traduction de Gabriel LEDOS, revue par l'auteur. 1916. Volume in-12. **3 fr. 50**

La Croix des Carmes. *Documents sur les combattants du bois Le Prêtre,* par Jean VARIOT. 1916. Volume in-16 jésus, avec 5 dessins de l'auteur. . . . . . **2 fr.**

Sur le Front russe, par STANLEY WASHBURN, correspondant de guerre du *Times.* Traduit de l'anglais par Paul RENEAUME. Volume in-8 de 160 pages, avec 25 photographies hors texte de George H. MEWES . . . . **3 fr. 50**

Une Visite à l'Armée anglaise, par Maurice BARRÈS, de l'Académie Française. 1915. Volume in-16 jésus de 120 pages . . . . **1 fr. 25**

La France en Guerre, par Rudyard KIPLING. Traduit de l'anglais par Claude et Joël RITT. 1915. Volume in-16 jésus, avec 2 photographies . . . . **1 fr. 25**

L'Épopée Serbe. *L'Agonie d'un Peuple,* par Henry BARBY, correspondant du *Journal.* 1916. Volume in-12, avec 20 illustrations hors texte et 1 carte. **3 fr. 50**

Carnets de Route de Combattants allemands. Traduction intégrale, introduction et notes par Jacques DE DAMPIERRE, archiviste-paléographe. — I. *Un Officier saxon.* — *Un Sous-officier posnanien.* — *Un Réserviste saxon.* (Publication autorisée par le ministère de la Guerre.) 1916. Volume in-12, avec 16 illustrations et fac-similés d'écriture . . . . **3 fr. 50**

Carnet de route d'un Soldat allemand. Avant-propos de M. Frank PUAUX. 1915. Volume in-12 . . . . **60 c.**

POÉSIES DE LA GUERRE

Les Poètes de la Guerre. *Recueil de poésies parues depuis le 1er août 1914.* Préface en vers de Hugues DELORME. 1915. 9e mille. Volume in-12 . . . . . **75 c.**

Jean Aicard — Maurice Allou — Émile Bergerat — René Berton — Albert Du Bois — Dominique Bonnaud — Théodore Botrel — Maurice Bouchor — Lucien Boyer — Cami — E. Couteau — Hugues Delorme — Georges Docquois — Auguste Dorchain — François Fabié — René Fauchois — Paul Ferrier — Paul Fort — Pierre Frondaie — Félix Galipaux — Émile Hinzelin — Charles-Henry Hirsch — Eugène Lemercier — Maurice Levaillant — Stephen Liégeard — Maurice Magre — Georges Maître — L. Marsolleau — Armand Masson — Urbain Mo — Comtesse Mathieu de Noailles — Jacques Normand — Robert Oudot — Raoul Ponchon — Jean Rameau — Rip — J. Redelsperger — Edmond Rostand — H. Siret — G. Trouillot — Miguel Zamacoïs.

Cinquante Poèmes à dire, parus depuis le 1er août 1914. Avec un Monologue-Préface de Hugues DELORME. 1915. 3e mille. Volume in-12 . . . . **1 fr.**

Jean Aicard — Maurice Allou — René d'Avril — Jean Bastia — Tristan Bernard — Théodore Botrel — Lucien Boyer — Michel Carré — Lucien Cressonnois — Mme Lucie Delarue-Mardrus — Hugues Delorme — Jean Destrains — Georges Docquois — Auguste Dorchain — François Fabié — René Fauchois — Paul Ferrier — Gauthier-Ferrières — Louis Geandreau — Paul Géraldy — Émile Hinzelin — Robert d'Humières — Maurice Levaillant — Stephen Liégeard — Comtesse de Noailles — Jacques Normand — Raoul Ponchon — Jean Rameau — Paul Reboux — Jacques Redelsperger — Henri de Régnier — Jean Richepin — Rip — André Rivoire — Edmond Rostand — Georges Trouillot — Émile Verhaeren.

Chansons pour les Poilus. *D'après nature. Poèmes lyriques* (septembre 1914-octobre 1915), par André ALEXANDRE. Préface de Henry ROBERT, bâtonnier de l'ordre des avocats. Volume in-12. . . . . **2 fr. 50**

Une Foi ! des Amours et du Sang ! par le capitaine MERMET. 1915. Volume in-12 . . . . **1 fr. 50**

Pages de Gloire, d'Amour et de Mort. *Impressions, Récits. Nouvelles,* par le sous-lieutenant André DOLLÉ, 3e *bis* régiment de zouaves. 1916. Vol. in-12. **3 fr.**

Vers héroïques. *Poèmes à lire et à dire,* par le général BRUNEAU. 1916. Volume in-12 . . . . **1 fr.**

Souvenez-vous, Français ! Souviens-toi, ô Soldat, par le lieutenant-colonel BERNARD, du 69e régiment d'infanterie. 1915. In-12 . . . . **20 c.**

Chants de Soldats (1525-1915). *Chansons populaires. Chants militaires. Hymnes nationaux, Sonneries.* (Avec la musique). Recueillis par A. SAUVREZIS. **1 fr.**

Les Lettres héroïques. 1915. Volume in-12 . . . . **60 c.**

La Vie de Guerre 1914-1915, contée par les soldats. Lettres recueillies et publiées par Charles FOLEY. 1915. Volume in-12 . . . . **3 fr. 50**

Anecdotes pathétiques et plaisantes de la Guerre de 1914-1915, par Gabriel LANGLOIS. 1915. Volume in-12 . . . . **90 c.**

Tous les Journaux du Front. Sélection des meilleurs articles et poésies et reproduction en fac-similé des illustrations. Préface de Pierre ALBIN. 1915. 6e mille. Volume grand in-8 jésus, avec une planche hors texte et nombreuses illustrations. Couverture en couleurs par Albert GUILLAUME . . . . . . **3 fr.**

L'Esprit satirique en France pendant la Guerre. Préface d'Arsène ALEXANDRE. Volume petit in-4, avec 127 planches. Couverture avec illustrations en couleurs, par HANSI . . . . **4 fr.** — Cartonné . . . . **5 fr.**